I0782227

Mon premier mot

Faridat A. Audu

À mes chers parents

Memudu Aremu Owolabi et Sifawu Ayoka Owolabi

Et mes belles-mères

Balikisu Arike Owolabi

Aminat Arinpe(1) Owolabi

Aminat Arinpe(2) Owolabi

Merci pour la joie que vous avez tous apporté à ma vie lors de mon expérience de mon premier mot il y a plus de cinquante ans.

OXO
OOX
B
L
A
1
2 3

Atai était un garçon âgé de 3 ans très éveillé. De nature curieuse, il posait beaucoup de questions. Atai était généralement un enfant joyeux. Il adorait jouer au football dans le jardin avec ses amis Max et Evan.

Un jour, Atai et ses amis Max et Evan
jouaient au football dans le jardin.
Lorsque sa mère l'appela par son nom,
Atai courut vers elle.

Son père était assis sur une chaise de jardin à côté de sa mère. Il prit Atai dans ses bras et le posa sur ses genoux. << Ta maman a de bonnes nouvelles pour toi >>, dit-il.

Vraiment ? Quelle bonne nouvelle ? Vous allez enfin m'acheter mon jeu de société préféré ? » demanda innocemment Atai. Papa rit. « Non, Atai, dit-il. C'est quelque chose de bien mieux que ça. »
Atai était impatient de savoir de quoi il s'agissait.

Maman dit à Atai qu'il aurait bientôt un petit frère. Atai ressentit à la fois de l'enthousiasme et de la curiosité ; il était heureux de savoir qu'il aurait un petit frère avec qui jouer.

Atai attendait désormais avec impatience la naissance de son petit frère. L'idée de son arrivée était excitante.

De nombreuses questions se bousculaient dans sa tête. La première était : « Quand le bébé grandira-t-il ?

« Le bébé grandit chaque semaine, Atai, répondit maman. Pour l'instant, il fait la taille d'un petit navet, dit-elle, et quand il sera là, il continuera à grandir. »

Atai étendit les bras et demanda : « Est-ce qu'il sera grand comme ça ? – Un peu plus grand >> dit papa en observant Atai.

« Et est-ce qu'il va grandir jusqu'à qu'il devienne comme maman et papa ? » demanda Atai.
Maman sourit et dit : « Oui, le bébé continuera à grandir jusqu'à qu'il devienne comme maman et papa, lui aussi ».

Atai réfléchit à toutes les informations qu'il avait obtenues.
Après quelques secondes de silence, il demanda : « Quand le bébé commencera à parler, quel sera son premier mot ? »
Il se désigna ensuite du doigt. « Est-ce qu'il saura que je m'appelle Atai ? » demanda-t-il, les yeux pleins d'enthousiasme.

« Peut-être », dit maman.
Mais maman et papa ne
voulaient pas donner de faux
espoirs à Atai.
« Mais ce sera peut-être autre
chose, Tofu par exemple », lui dit
maman.
Tofu était le nom qu'Atai avait
donné à son doudou.

« Est-ce que le bébé saura dire mon nom ? » demanda-t-il encore à sa mère.

Elle expliqua que le bébé apprendrait à parler et à interagir davantage lorsqu'il serait un peu plus grand.

Cela augmenta encore plus la curiosité
d'Atai. Il commença à se demander quel
serait le premier mot de son petit frère.
« Mon nom sera-t-il son premier mot ? »
pensait-il.

Le lendemain, Atai se réveilla dans son lit, son doudou dans une main. Il sortit en courant et s'installa sur une des chaises de la table à manger.

Bonjour Atai, dit maman en versant du
lait dans son bol de céréales.
— Bonjour, répondit Atai. Le bébé est là ?

Pas encore, dit maman, il faudra du
temps avant que le bébé n'arrive.

Combien de temps ? J'ai hâte qu'il arrive, dit Atai à maman.

— Je sais, mon chéri. Mais il faut être patient. Et si tu préparais son berceau en attendant ? » lui proposa-t-elle.

Quelle super idée, maman ! Je vais le faire tout de suite ! >> s'exclama joyeusement Atai. Il se rendit directement dans sa chambre et prit quelques jouets pour les mettre dans le berceau.

En préparant le berceau, Atai dit : << J'espère que lorsqu'il commencera à parler, il dira mon nom.

Est-ce que son premier mot sera Atai ? »
demanda-t-il à nouveau.
Maman décida donc de lui raconter
l'histoire de son premier mot.
« Quand tu étais bébé, j'ai essayé de
t'apprendre à dire maman.
Je le répétais, encore et encore, pour que
tu apprennes à bien le prononcer.
Je voulais que ton premier mot soit
maman » expliqua-t-elle.

Mais un jour, alors que papa et maman regardaient la télévision, tu étais assis sur les genoux de papy et tu jouais avec lui. Tu nous as regardés, papa et moi, et tu as dit ton tout premier mot. Tu veux savoir ce que c'était ?

C'était maman ? >> demanda Atai.

Maman sourit et dit : « Malgré tous mes efforts, ton premier mot était PA–PA. >>

Atai rit, et maman aussi.

Alors, Atai, comme toi, c'est ton petit frère qui décidera de son premier mot >> dit maman. Cette réponse était satisfaisante, et il ne se souciait plus de savoir si le premier mot de son petit frère serait son prénom. Il était simplement heureux à l'idée d'avoir bientôt un petit frère.

Atai songeait que lorsque son petit frère grandirait, il jouerait au football avec lui, Max et Evan.

La simple idée de pouvoir jouer ensemble rendait Atai très heureux.

Fin

Livres de la série MON PREMIER MOT

Mon premier mot

Mon premier jour à la crèche

Ma première dent qui tombe

Mon premier jour de neige

Ma première soirée pyjama

Toutes les demandes de renseignements doivent être adressées à

Global Vous Education INC. Canada

www.globalvouseducation.com/

À PROPOS DE L'AUTEUR

Faridat A. Audu est une éducatrice spécialisée de la petite enfance. Nigériane-canadienne, titulaire d'une licence d'anglais obtenue en Afrique, d'un certificat professionnel d'écriture créative pour enfants obtenu aux États-Unis et d'une maîtrise en leadership éducatif obtenue au Canada. Elle est titulaire d'un prix d'excellence en éducation de la petite enfance décerné par le Collège Humber et possède plus de 15 ans d'expérience dans ce domaine, acquise au Nigéria, en Côte d'Ivoire et au Canada. Passionnée d'éducation, Faridat a fondé Global Vous Education INC, une enterprise qui se consacre à la promotion du bilinguisme (français et anglais) à l'aide de méthodes pédagogiques contemporaines, en mettant l'accent sur la petite enfance et la langue française. Faridat est également l'heureuse auteur de My First Approach to Being Bilingual, un ouvrage salué par les lecteurs et la critique pour ses précieux conseils aux personnes apprenantes l'anglais et le français.

Née à Lagos, au Nigeria, Faridat a étudié et voyagé dans plusieurs pays. Elle réside actuellement en Ontario, au Canada, avec son mari et ses trois fils. Sa vision globale et son dévouement continuent d'inspirer et de motiver éducateurs, parents et enfants.

SECTION D'ACTIVITÉS

Voici quelques activités amusantes que les parents et les éducateurs pourraient faire avec les enfants. Elles permettront aux adultes de réfléchir aux expériences des enfants de façon amusante et interactive.

(Pour les parents)

Cette activité s'adresse aux parents. Après avoir lu Mon premier mot avec votre enfant, vous pouvez lui raconter l'histoire de son tout premier mot.

(Pour les éducateurs)

Cette activité s'adresse aux éducateurs. En tant qu'éducateur, vous pouvez créer des projets ou des exercices en classe qui permettraient aux élèves d'interroger leurs parents sur leur premier mot et de partager cette histoire avec leurs camarades le lendemain.

AMUSEZ-VOUS BIEN !